Johann Wilhelm Ludwig Gleim

Gedichte nach den Minnesingern

Dem Kaiser Heinrich, dem König Wenzel von Beheim u.a.

Johann Wilhelm Ludwig Gleim

Gedichte nach den Minnesingern
Dem Kaiser Heinrich, dem König Wenzel von Beheim u.a.

ISBN/EAN: 9783743446427

Hergestellt in Europa, USA, Kanada, Australien, Japan

Cover: Foto ©Andreas Hilbeck / pixelio.de

Manufactured and distributed by brebook publishing software
(www.brebook.com)

Johann Wilhelm Ludwig Gleim

Gedichte nach den Minnesingern

Gedichte
nach den Minnesingern.

Dem Kaiser Heinrich, dem König Wenzel von Beheim, dem Marggrafen Otto von Brandenburg mit dem Pfile, dem Herzog von Anhalt, dem Herzog Johans von Brabant, dem Herzog Heinrich von Pressela, und andern.

Berlin, 1773.

Wird verkauft zum Besten zweyer armen Mägdchen für 12 Groschen, oder 12 Exemplare für einen Louis d'or.

Vorbericht.

Im dreyzehnten Jahrhundert war un=
ter den schwäbischen Kaisern in
Deutschland eine Periode für Geist und
Herz, dergleichen wohl nicht leicht in ir=
gend einem andern Lande zu finden ist.

Man kennt diese sehr wichtige Pe=
riode noch zu wenig, als daß man einen
vollkommnen Abriß davon geben könnte.
Gewiß aber stand die deutsche Poesie
damals in großem Flor.

Kaiser, Könige, Marggrafen, Her=
zoge, Fürsten, Grafen und Herren,
waren deutsche Dichter.

Man

Vorbericht.

Man hat dem Herrn Profeſſor Boh=
mer, zu Zürch, es zu danken, daß eine
alte Sammlung ihrer Gedichte ſchon im
Jahr 1758 vom Untergang gerettet iſt. (*)

Zwar iſt, ſeit dieſer Zeit, dieſelbe
dem größten Theil unſrer Gelehrten un=
bekannt geblieben: man findet aber doch
darinn einen Walther von der Vogel=
weide, mit welchem ſich behaupten ließe,
daß die Zeiten der ſogenannten Minne=
ſinger einen Anakreon, und einen beſ=

ſern,

(*) Sammlung von Minneſingern aus dem
Schwäbiſchen Zeitpunct, 140 Dichter
enthaltend; durch Ruedger Maneſſen,
weiland des Rathes der uralten Zurich,
aus der Handſchrift der königlichen
franzöſiſchen Bibliothek herausgege-
ben. Erſter Theil. Zürch, bey Conrad
Orell und Comp. 1758. Zweyter
Theil. Zürch, bey Conrad Orell und
Comp. 1759.

fern, als die unſrigen, ſchon gehabt
hätten, und es wären Aufgaben für
Akademien der Wiſſenſchaften:

1) Ob in jenen Zeiten wir unſern Homer wohl
nicht auch ſchon gehabt haben?

2) Ob Akademien Nutzen ſtiften könnten,
wenn ſie den Geiſt, die Sprache, die
Sitten ihres Volkes in den älteſten Zeiten,
den ihrigen zur Warnung oder zum Muſter
vorſtelleten?

3) Ob in den Bibliotheken Deutſchlandes,
beſonders der Stifter und Klöſter, ältere
Denkmaale des deutſchen Geiſtes und Her-
zens, itzt noch die Speiſen der Motten
ſeyen?

4) Was für Mittel ſich finden, die älteſte
deutſche Sprache zu lernen und zu ſtudiren?

5) Ob

5.) Ob, anstatt den Mönchen ihre Pfründen zu nehmen, für Staat und Kirche nicht etwa besser und gerechter sey, das Studium der schönen Künste, besonders die vaterländischen Alterthümer, den Mönchen anzubefehlen, und die Mönchswissenschaften, und mit denselben Sünden und Faulheit aus den Klöstern zu verbannen?

6.) Ob durch das Studium der Landessprache, die Griechen, unter allen Völkern in den Wissenschaften es am höchsten gebracht?

7.) Ob das Studium der alten deutschen Litteratur, insonderheit des Lobgesangs eines Unbekannten auf den heiligen Anno, dem großen Opitz Geist und Sprache gegeben?

8) Ob Wettstreit der Virtuosen in den schönen Künsten, oder derer in den Ritterspielen,

spielen, Kaisern und Königen mehr zum Ruhm gereiche? (*)

9) Warum von Opitz bis auf Bodmer und Wideburg, und von diesen bis auf Lessing und Rambach, die Aufmunterung zum Studiren des alten deutschen Geistes und Herzens, bey deutschen Gelehrten so wenigen Eingang gefunden?

10) Ob

(*) Carolus magnus, ut imperii Germanici, ita linguae assertor fuit. Post et alii principes ac imperatores non *poetica* minus quam *equestria* instituerunt certamina; iuventute nobili id agente, ut praemia victoriae tam *cantu* acciperet, quam *hastiludiis*. Paraenetica eius notae nonnulla edidit *Goldastus*. Alia etiam *omnis argumenti* passim adhuc reperiri non nescio, digna editione, abesset contemtus literarum, etiam *inter illos, qui literas jactitant.* V. Opitz in prolegomenis ad Rhytmum de S. Annona.

B 4

10) Ob Geschichtschreiber oder Dichter eines Helden Namen und Thaten auf die Nachwelt bringen?

11) Ob es einen Kaiser oder König unsterblicher mache, von einem Dichter seines Volks, oder von einem Fremden gesungen zu werden?

12) Warum die deutschen Kaiser und Könige seit den Zeiten der Minnesinger, den vaterländischen Musen abgeneigt gewesen?

13) Warum es unter den Deutschen Fürsten seit diesen Zeiten keine deutsche Dichter gegeben?

14) Seit wann die deutschen Ritter den Ehren der Dichtkunst entsagen?

15) Was für Schätze der alten deutschen Litteratur in den brittischen Bibliotheken, wie nach dem Hikes sich vermuthen läßt, noch etwa sich finden?

16) Ob

16) Obs der Mühe lohne, zu diesen Alter:
thümern, wie die Britten zu den Griechi:
schen, oder wie die Dänen zu den Arabi:
schen, Wallfahrten anzustellen?

17) Obs einem deutschen Fürsten Kosten ma:
chen würde, deutsche Gelehrte zu solchen
Wallfahrten auszurüsten?

Gefiel es unsern Gelehrten, diese Fragen
zu beantworten, dann, glaub ich, ließe
jener Abriß sich machen.

Der Verfasser dieser Nachahmun=
gen hat nichts weiter zum Zweck, als,
einige Proben zu geben, daß die alte
deutsche Litteratur nicht allein für den
Wortgelehrten und Kunstrichter, sondern
auch für den Künstler einigermaßen er=
giebig ist.

Er

Er hat, um den Kennern die Vergleichung leicht zu machen, aus der oben erwähnten Sammlung von Minnesingern die Originalen seinen Kopien beydrucken laſſen, bittet aber, manchen Schein, als ob er jene nicht verſtanden hätte, nur für Schein zu halten, weil er nicht ſelten, blos aus Mangel der Zeit, ſeinem Kopf folgen, und manche Stellen ſtehen laſſen müſſen, die er mit der Feile gern hinweg genommen hätte.

Nach

Nach dem Kaiser Heinrich.

Nach dem Kaiser Heinrich.

An seine Gemahlinn.

Ich grüße mit Gesang
Die Süße, welche Rang
Und Herrlichkeit und Pracht
Mir oft erträglich macht:
Die Süße, deren Gruß
Des Mundes, deren Kuß,
(Ich klag es manchen Tag,)

Ich

Sammlung der Minnesinger,
1ster Theil, S. 1.

Ich gruesse mit gesange die suessen
Die ich vermiden niht wil noch en mac
Doh ich si von mu nd e rehte mohte
gruessen
Ach leides des ist manig tag

A 7   Swer

Ich nicht vermeiden mag:
Die Liebliche, die ich
So gar unſänftiglich
Entbehre, die grüß ich!

Weib ſey es, oder Mann,
Wer artig ſingen kann,
Und dieſe Süße ſieht,
Der ſing ihr dieſes Lied!
Von Herzen ſing ers ihr
Und grüße ſie von mir!

Ich ſteh an ihrer Hand,
Und ſiehe! Reich und Land
Weit um uns her, iſt dann
Mir alles unterthan.

Dann

Swer nu diſü liet ſinge vor ir
Der ich ſo gar unſenfteclich enbir
Es ſi wib oder man der habe ſi gegrueſſet
von mir
Mir ſint dü rich und dü lant underſtan
Swenne ich bi der minneclichen bin
Und ſwenne ich geſcheide von dan

So

Dann herrsch' ich, aber bald
Ist Reichthum, ist Gewalt,
Ist alles, alles hin,
Wenn ich geschieden bin.

Geschieden, ach von ihr,
Zähl ich zur Habe mir
Nur Kummer, Gram und Leid,
Und so, von Zeit zu Zeit,
Steig' ich an Zärtlichkeit
Und Freuden auf und ab,
Und bringe Gram und Leid
Der Unbeständigkeit,
Durch ihre Lieb' ins Grab!

Seit

So ist mir aller min gewalt und min rich-
tum dahin

Wan sender kumber den zelle ich mir
daune ze habe

Sus kan ich an freiden stigen uf und ouch abe

Und bringe den wehsel als ich wenne
dur ir liebe ze grabe

Sit das ich si so gar herzeclichen minne

Und

Seit, daß ich sie sogar
Von Herzen liebe, Sie,
Die liebe Süße, die
Zu aller Zeit, fürwahr!
Ich trag in Herz und Sinn,
Sie, meine Königinn,
Mit treuer Zärtlichkeit
Nicht immer ohne Leid;
Was giebt die Liebe mir,
Für einen Lohn dafür?

Sie giebt mir einen Lohn
So schön, daß ich sogleich
Hingäb ein Königreich,

Hin

Und ſi ane wenken zallen ziten trage
Beide in herze und ouch in ſinne
Underwilent mit vil maniger clage
Was git mir dar umbe dü libe ze lone
Da biutet ſi mirs ſo rehte ſchone

E

Hingåbe meinen Thron,
Für ihren schönen Lohn!

Der sündigt, wer nicht glaubt,
Daß manchen lieben Tag,
Als ungekröntes Haupt,
Ich wohl geleben mag,
Hätt ich nur Sie, nur Sie
Für meine Monarchie!

Verlöhr ich Sie, o dann,
Was hätt ich armer Mann?

Mir

E ich mich ir verzige ich verzige mich
é der crone.

Er sündet swer des niht geloubet
Das ich mœhte geleben manigen lieben tag
Ob ioch niemer crone kœmme uf min houbet
Des ich mich an si niht vermessen mag
Verlur ich si was het ich danne

Da

Mir taugte Seel und Leib
Nicht mehr für Mann und Weib,
Mein Trost und meine Macht,
Wär alles in der Acht.

Da tohte ich ze freuden weder wibe noh
manne
Und wer min bester trost beide ze ahte
und ze banne.

Nach dem

Kiunig Wenzel

von Beheim.

Nach dem Kiunig Wenzel von Beheim.

I.

Ein Gedichtchen.

Unter ihren lieben Schafen,
Fand ich eine Hirtinn schlafen,
Zucht und Unschuld im Gesicht,
Ihre rothen, zarten, süssen
Losen, lieben Lippen küssen
Konnt ich nicht.

Eine

Sammlung rster Theil, S. 2.

Dü minne darf mich strafen ruomes zwar
sin darf

Swie gar ich umbevangen het
Ir klaren zarten sueffen losen lieben lip
Nie stunt min wille wider ir kúsche sich
entwarf

Wan das sich in min herze tet

Mit

Eine Macht in ihrem Blicke,
Hielt mich ab, zog mich zurücke,
Zog mich weg von ihr;
Weg von ihr gieng ich und dachte:
Hirtinn, rief ich, da sie wachte,
Segen dir!

Itzt, da ich daran gedenke,
Itzt entstehet ein Gezänke
Zwischen Willen und Verstand:
Wille spricht von freyem Sollen
Wie Verstand von freyem Wollen
Allerhand.

Das

Mit ganzer liebe das vil minnekliche wib
Min wille was dien ougen und dem herzen
leit
Dem libe zorn das ich so truten wehsel meit
Diu ganze liebe das besneit
Und ouch ir kúschú werdekeit.
Nu habe er dank der siner frowen also
pflege

Als

Das Gezänke beyzulegen,
Droht ein dritter Mann mit Schlägen;
Ha! Gewissen, dritter Mann,
Schlag mich nie mit deinem Stabe,
Süß ist, daß du sagst, ich habe
Recht gethan.

Als ich der reinen senften fruht
Ich brach der rosen niht und hat ir doh
       gewalt
Si pflag mis herzen ie und pfliget noh
       alle wege
Ey wenne ich bilde mir ir zuht
So wirt min muot an frœiden also manigvalt
Das ich vor lieber liebe niht gesprechen
       mag
Al mines trostes wunsch und miner selden
       tag
Nieman so werde nie gelag
Als ich do min dü liebe pflag.

              II.

II.

Morgengefang.

Wohlauf, es tagt vortrefflich schon,
Die Nacht muß ab von ihrem Thron,
Der Tag will ihn befitzen!
Wohlauf zu fehn, das Licht der Welt,
Wies in die niedern Thäler fällt,
Und auf der Berge Spitzen.

Wohlauf, zu fröhlichem Gesang!
Aus einem Munde: Gott fey Dank,
Er hat uns Seyn gebothen!
Und alles war auf fein Gebot;
Er ist, er ist, er ist der Gott
Der Lebenden und Todten.

Wohl.

Sammlung 1fter Theil, S. 2.

Es taget unmaffen fchone   Dú naht mous
                                      ab ir throne
Den fi ze kriechen hilt mit ganzer vrone
Der tag wil in befitzen nu   Der tribet ab
                                      ir veften
Die naht mit finer gleften

Deft

Wohlauf, zur Arbeit, Schlaf ist Tod!
Der träge Schläfer will sein Brod
Nur essen, nicht verdienen;
Der Fleissige wacht auf, und lebt,
Und singt und betet, pflügt und gräbt,
Und seine Felder grünen.

Dest war si mag nicht langer da gereften
Wan er ist zit und niht ze fruo
Das man ein scheiden werbe
Sus sang der wahter e das sich geverbe
Der tag mit siner ræte
Wol uf wol uf ich gan iu niht ze beliben
bi der nœte.
Ich fürchte das der minne ir teil verderbe.

B   III.

III.
An zwey Verliebte.

Die beyden Artigſten in meinen Landen,
Sah ich, da ſie beyſammen ſtanden,
Umringt von Sommermorgenluft,
Von Lilgen und von Roſenduft,
Und Hand in Hand und Mund an Mund;
Weſtwinde liſpelten, Brnñquellen rauſchten und
Viel kleine Männervögel ſangen
Mayliebe, Weibchen in dem Neſt;
Ihr Artigen, ich glaube veſt
Da das ergieng, da iſt noch mehr ergangen.

Sammlung 1ſter Theil, S. 3.

— — Si wart ſa umbevangen
Er kuſte ir rotan munt ir klaren wangen
Das was der minne leben
Lib und Luſt die lieſſen ſich do wenig
iеman flehen
Da das ergieng da iſt ouch me ergangen.

Nach dem Margrave

Otte von Brandenburg

mit dem Pfile.

Nach dem Margrave Otte von Brandenburg mit dem Pfile.

I.
An seine Freunde.

Soll mirs nicht an ihr gelingen?
Ringen will ich mit Gebuld;
Alle meine Lebenstage ringen
Will ich gern nach ihrer Huld!

   Tödtet aber meine Lebenstage,
Ihr durchlauchtig rother Mund,
Seht, dann sterb ich ohne Klage:
Doch am liebſten gleich jeßund.

_____

Sammlung 1ſter Theil, S. 4.

Ich will nah ir Hulde ringen
Alle mine lebenden tage
Sol mir niht an ir gelingen
Seht so ſtirbe ich ſender klage
Si en trœſte mich ze ſtunt
Ir durluhtig roter munt
Hat mich uf den tot verwunt.

II.

An den Winter.

Was hat die schöne Blumenblüthe,
Du böser Winter, dir gethan?
Du wütheſt, Wüthrig! wüthe, wüthe,
Fürwahr ich weiß es ohne Wahn:

   Die hingeſtorbne Blumenblüthe,
Den May mit aller ſeiner Pracht,
Vergültet mir mit ihrer Güte
Die Liebliche, die meinem Herzen lacht.

Sammlung 1ſter Theil, S. 4.

Winter was hat dir getan Du bluot vil
                minnekliche
Und der kleinen voglin ſueſſes ſingen
Ich weis vûr war gar ane wan
Wil mich dú ſeldenriche
Trœſten was kanſtdu mich danne ge-
                twingen
Ich neme eine lange naht, für tuſend
               hande bluete
Ich han mich des vil wol bedaht,
Mich troeſtet bas ir guete
Danne der meie mir kan frœide bringen.

                       III.

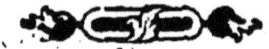

III.
An seine Gemahlinn.

Wo Ritter, und wo Frauen sind,
Da mag der Ehren viel geschehn,
Doch pflegt auch oft ein Lügenwind
Die reinste Tugend anzuwehn.

Die reinste Tugend hüte sich
Und scheine, wie der Sonnenschein,
Erhaben, unveränderlich,
Still, überall, und rein!

Sammlung 1ster Theil, S. 5.

Swa ritter und frowen sint,
Al da mag eren vil geschehen
Iedoch ist das vil gar ein wint
Da wider und ich min lieb mag sehen
Si luhtet sam dú sunne und ist wandels vri
Vil selig si ir reiner lip und alles das ir
wonne bi.

IV.

Apologie der Minne.

Spricht einer böses von der Minne,
So seh er mich in Lanz und Speer!
Wer ihrer pflegt, der waltet guter Sinne,
Hat gut Gesicht und gut Gehör!

Hat Herz, hat alles rechtes Gutes
Was Mensch auf Erden haben kann;
Die Minne giebt kein bisgen argen Muthes
Dem braven ihr ergebnen Mann.

Sie

Sammlung 1ster Theil, S. 4.

Wie sol man das gesprechen von der
minne
Nieman hat niht als rehte guetes
Swer, der pfliget der waltet guoter sinne
Minne tuot dem man niht arges muotes
Swer der minne ist undertan
Si lat in manige tugende sehen
Als ich die wiesen hœrz ichen,
Si leret sünde lan.

L   L

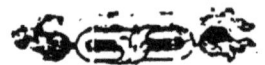

Sie läßt ihm manche Tugend sehen,
(Die Weisen sagens,) lehret ihn
Geraden Weg zur Tugend hinzugehen,
Und allen Weg zum Laster fliehn.

Den preis' ich, der zu allen Stunden
Um Minne flehet, Minne sucht,
Denn Minne ward bey Sünden nie gefunden,
Und Sorge nimmt vor ihr die Flucht.

Ia wol dem der unminne zallen Stunden.
Gerne flûhet den mag ere geren
Minne ward nie bi den sünden vunden.
Si kan guoten man wol rehte leren
Genuoge lûte sprechent so Das unminne
                    sünde si
Minne ist aller sünden fri
Seht minne machet vro.

V.

An den Winter.

Der kleinen Vögel süßes Singen
In grünem Wald, auf grünem Plan,
Willst, Winter, du zu schweigen bringen;
Was hat es, Winter, dir gethan?

Mich sollst du nicht zum Schweigen zwingen,
Du Winter! Sieh, ich troße dir!
Du magst nur toben, ich will singen:
Mein süßes Weibchen lächelt mir.

Du magst mit rauhen Windesschwingen
Ertödten aller Blumen Zier,
Und aller Blüthen, ich will singen
Mein süßes Weibchen lächelt mir.

Ist eine zwote Nachahmung des bey
dem 6ten Gedicht schon befindlichen
Originals.

VI.

VI.
An seine Hofbediente.

Räumt mir den Weg zu meiner lieben Frauen
Und streuet Rosen, Majoran
Und alle Blumen auf die Bahn!
Mit Ehren möcht' ein Kaiser wohl sie schauen,
Das sagen alle, die sie sahn!
Des muß mein Herz in hohen Lüften steigen,
Ich will ihr Lob, ich will es nicht verschweigen,
Und, wo sie wohnt, dem Lande muß ich neigen.

Sammlung 1ster Theil, S. 4.

Rument den Weg der minen lieben frowen
Und lant mich ir vil reinen lib ansehen
Den mœht ein Keiser wol mit eren schowen
Des höre ich ir die meiste menge iehen
Des muos min herze in hohen Luften stigen
Ir Lob ir ere wil ich niht verswigen,
Swa se wont dem Lande muos ich nigen.

　　VII.

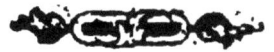

VII.
Die zwey großen Leiden.

Von zweyen großen Leiden, ah!
Bin ich verwundet, ha!
Und diese beyden großen Leiden
Verjagen alle meine Freuden!

Auf meiner lieben Blumenflur
Will meine liebste Blume sterben!
Und von dem Kinde der Natur,
Herzinien, kann ich ja nicht einmal
Nur einen Blick der Liebe mir erwerben!

Zwey

Sammlung 1ster Theil, S. 4.

Ich bin verwunt von zweier hande leide
Merkent ob das freeide mir vertribe
Es valwent lichte bluomen uf der heide
So lide ich not von einem reinen wibe
Dú mag mich wol heilen und krenken
Wolde aber sich dú liebe bas bedenken
So weis ich mir nmeste forge entwenken.

Zwey ſolche Leiden machen Quaal.

Ich will auch nur,
Und dieſen Abend noch,
Auf meiner lieben Blumenflur
Mit meiner liebſten Blume ſterben,
Denn von dem Kinde der Natur
Werd ich ja doch
Nicht einen Blick der Liebe mir erwerben.

VIII.
Der erſte Blick auf Sie.

Ich ſah in reicher Schönheit ſchön
Die minnigliche ſtehn
Und wurde gleich
So freudenreich,
Daß mir es hoch den Muth erhöhte!

Sie

Sammlung 1ſter Theil, S. 4.

Ich ſah die vil minnekliche
Vor mir ſtan in richer waht
Zehant do wart ich frœiden riche

Davon

Sie grüßte mich, da stund
Mein Herz im Brand, ihr Mund
Schien mir wie Feuerflammenröthe!
 Hey o! Herre Gott ich bitte dich
Du wolleſt väterlich
Das ſchöne Weib
An Seel und Leib
Durch deine große Güte pflegen!
 Unſchuldige, wie ſie, ſind rar,
Darum, o Gott, nimm ihrer war,
Und ſend ihr deinen ſüßen Segen.

Da von min mout vil hohe ſtat
Mich gruaſte ir minneklicher munt
Der duhte mich in ſolher rœte
Sam ein fürig flamme entzunt
Hey Herre Got durh dine guete
Ruoche der minnekliche pflegen
Mit ſteten trúwen ſi behuete
Und ſende ir dinen ſueſſen ſegen
Das hat ſi verſchuldet gar wol
Gegen al der werlte gemeine
Ey Herre Got nu nim ir war.

 IX.

IX.

An das Fräulein Winsbeck.

Ich dacht' ich hätte satt
Mich schon geliebt, ich wäre losgewunden.
Allein, mit tausend Seilen hat
Die Liebe wieder mich gebunden.

Mein' Augen, das ist wahr,
Verleiteten mein Herz zu dieser einen
Und beydes still, und offenbar,
Will es mit dieser sich vereinen.

r   Zu

Sammlung 1ster Theil, S. 5.

Ich wande das ich iarlang hete
Ufgegeben der minnen ein teil
Min gemuete das was stete
Nu hat mich ein gros unheil
Also minneklich bestanden
Dú liebe dú hat mich in banden
Gebunden wol an tusend seil
Min ougen dú hant mich verleitet
Und verraten das ist war
Min herze das hat sich gebreitet

Ane

Zu dieſer will es hin;
Will heilen laſſen alle ſeine Wunden.
Die Liebe wohnt mir in dem Sinn,
So hab' ich ſie noch nicht empfunden.

Noch nie hatt' ich ſo groſße Noth;
Ihr rother Mund, der hat ſie mir gegeben.
Wird ſie mir nicht, ſo bin ich todt,
Und werde nimmer wieder leben.

Ane minen dank ſo wil es dar
Zuo der minneklichen reinen
Mit der wil es ſich vereinen
Beide ſtille und offenbar.
Mir beſchah bi minen ſtunden
Ni ſo ſeneliche not
Ich trage heimliche wunden
Die ſluog ir munt ſo rot
Dú liebe wont mir in dem ſinne
Mis herze trut min keiſerinne
Wirt ſi mir nit ſo bin ich tot.

Nach dem

Margrave Heinrich
von Misen.

Nach dem Margrave Heinrich von Misen.

I.

An Eringard.

Von vielen Schönen viel gesungen,
Hab' ich in mancherley Gesang,
Nach einer aber nur gerungen
Hab' ich, und hab' es keinen Dank.

O! daß sie doch nicht länger bliebe,
Was sie genung gewesen ist!
In ihrem Herzen kann die Liebe
Haß werden, Falschheit oder List.

O!

Sammlung 1ster Theil, S. 5.

Lassen wir die bluomen rot beliben
Die sint verdorben des ist nit zelang
Singen von den minneklichen wiben
Nah einer ie min sendes herze rang

D4

Oſ du geradeswyges wende
Geliebte du, dein Herz zu mir!
Noch kann es gut ſeyn, mach' ein Ende,
Ha! deſto beſſer dien' ich dir.

Dú ſol ſich bedenken bas
In ir herzen iſt dú liebe mir gehas
Das wende vrowe ich diene dir iemer
deſte bas.

II.
Der rothe Mund.

Den Kopf geſtützt, in Felſenſchatten,
Auf traurigem verdorrtem Gras,
Wo Nattern ihre Neſter hatten,
Saß ich, im Auge Menſchenhaß!

Hin

Sammlung 1ſter Theil, S. 5.

Ich wolte gar von frœiden gan
Do troſte mich ein roter munt
Er ſeite ich ſolte in frœiden ſtán
Er wolte machen mich geſunt

Trœſtet

Hinweg von Freuden wollt ich gehen,
Da sprach mir Trost ein rother Mund,
In Freuden, sprach er, sollt du stehen,
Du sollt, ich mache dich gesund.

Du rother Mund, könnt ich dich malen,
Die Maler alle malten nach!
Verschwunden waren meine Quaalen,
Im Herzen saß es, was er sprach.

Den Himmel wirst du dir erwerben
Mit deiner wonniglichen That,
Du rother Mund! ich wollte sterben,
Du wustest meinem Leben Rath.

Und

Trœstet er das herze min
Mit also frœiden reicher tat
Ahey wer wolte ich danne sin
Sich sölde frœwen wol min lib
Und solte miner eren pflegen
Gebe das ein minnekliches wib
So wolt ich sorgen mich bewegen
Ir munt der ist so stete gar
Sit er das gesprochen hat
Das er vor sorgen mich bewar

Is

Und nun will ich den Menschen leben,
Will, wieder unter Menschen nun,
Der rechten Freude mich ergeben,
Will wieder Menschen Gutes thun.

Ich will, durch dich herausgerissen
Aus Menschenhasses Seelenpein,
Die Menschen lieben, ich will küssen;
Ahi, wer will ich künftig seyn.

Wen aus der Hölle seiner Leiden
Ein lieblich Weib zu Freuden ruft,
Der steigt so hoch in seinen Freuden
Als wie der Adler in die Luft.

Ia richer Got wie sanfte es tuot
Den gruesset wol ein lieblich wib
Dem wirt so frœiden rich der muot
Das herze und ouch der sine lip
Hoh uf gen den lüften var
Sin muot der flüget also ho
Alsam der edel adelar.

III.

III.

An Eringard.

Nun sind die lichten langen Sommertage
Mir ohne Freuden wieder hingeschieden;
Was hilfts, daß ich den schwarzen Kummer
klage?
Sie hat den langen Sommer mich vermieden,

Und

Sammlung 1ster Theil, S. 6.

Nu sint die lichten langen sumer tage
Mir aber ane frœide hingescheiden
Was hilfet das ich senden kummer klage
Der lieben dú mich lat in senden leiden

Doch

Und doch soll sie,

Bey Winter-Sonnenschein,

In meinem Herzen spät und früh,

Und heut und immerhin der Schönen Schönste
seyn.

Doch muos ir minnerlicher schin

Vor allen wiben

In minem herzen hút und iemer sin

O we sol ich niht fro bi ir beliben.

Nach dem

Herzoge von Anhalt.

C

Nach dem
Herzoge von Anhalt.

I.

Der Empfang des Winters.

Der Winter kommt, behangen
Um seine blassen Wangen
Mit Flocken und mit Eiß;
Er kommt und färbt die Felder,
Die Wiesen und die Wälder,
Und alles, alles weiß.

Die Sänger auf den Zweigen,
Die kleinen Vögel, schweigen,
Und ziehn aus ihrem Hayn;
Ich aber, ich empfange
Den Winter mit Gesange,
Den Winter, ich allein.

Denn

Sammlung 1ster Theil, S. 6.

Ich wil den winter enpfahen mit gesange
Alle swigen stille die kleinen vogelin
Ich enwart noh nie so von sime getwange
Das ich dar in lieze die minne frœide sin

C 2   Des

Denn ihm, dem Schnee-Erfinder
Troß ich, ein Ueberwinder,
Und wär er noch so rauh,
Mit Feuer in dem Busen,
Für meine lieben Musen,
Und meine liebe Frau.

***

Des danke ich doch der vil lieben frowen
min
Ir roter munt ir ræselehtes wange
Ir guete und ir wol liechtvarwer schin
Zieret ein lant wol al umbe den rin.

II.
An Hillma.

Die argen Schalke tragen
Viel großen Haß zu mir,
Und alt und junge sagen
Viel böses, Hillma, dir!

Was

***

Sammlung 1ster Theil, S. 6.
Wol mich wol mich iemer mir ist wol ze
muote
Das die argen schalke ze mir tragen has
Si

Was aber, du Getreue,
Der's in dem Herzen kränkt,
Du, die so bang an Dreye
Dir argen Schalken denkt.

Was acht ich alt und junge!
Was ihren großen Haß!
Was ihre Lästerzunge!
Da Gott mich nie vergaß!

Was brauch ich Wehr und Waffen!
Was starken Männermuth!
Ein Weib, für mich geschaffen,
Hat mich in seiner Huth.

Für das in Liebe brennen,
Rein, wie das Sonnenlicht,
Das, meine Hillina, können
Die argen Schalke nicht.

Si unerent sich doch so minne ich die guote
Wand min Got selber noh nie vergas
Do er schuof merket alle wol was
Ein wib diu mich liet in ir huote
Das ich mir ze lebenne gan bas und ie bas
Des enfih ich an schalkhafter diet niht das.

III.
An die Freudenhasser.

Verbietet, o ihr Freudenhasser!
Dem Walde das bewegte Laub,
Dem West die Lispel und dem Wasser
Das Murmeln, oder werdet taub.

Denn ich will singen, daß man lassen
Den Menschen gute Freude muß,
Und, daß die alle, die sie hassen,
Entsprossen sind ohn einen Kuß.

Sammlung 1ster Theil, S. 6.

Mœchten si dem walde sin loube verbieten
Und der heide ir blueien das were getan
Mœchten sis geraten wie gerne si das rieten
Das man guote frœide uberal mueze lan
So mueze man sam die wolfe sich gehaben
Ich wil mich guoter frœide nieten
Frœide und ere die lat iu niht versmahen
Als gebot mir diu liebe wol getan.

IV.

IV.
Die schönste Frau.

Die schönste Frau in meinem Lande,
Wie Venus Medicea schön,
Unüberwindlich am Verstande,
Hab' ich gesehn!

Von allen andern Frauen schweigen,
Ihr edle Ritterthaten thun,
Vor ihrer Wohnung tief mich neigen,
Daß muß ich nun!

Ich muß es hoch, wie Meister, bringen,
In Saiten, und in Silbenklang:
Denn, ihr zu Ehren will ich singen,
Den Minnesang.

Sammlung 1ster Theil, S. 6.

Ich sach die schonsten in den landen

Da man aller frowen muoz geswigen

Ir ougen klar ir wissen handen

Swa si wonet dar muos ich iemer nigen

Muest ich bi der wol getanen liebu kint

      pronieren

Und ein ganze naht bi ir dormieren

Ahy ia wer des alze vil

Mich begnuegte solde ich in ir dienste

Den minnesang schantieren.

·V.·
An Hillmar.

Bey Seit! laß mich den Wind anwehen,
Er kömmt von meines Herzens Königinn!
Wie sanft ist er, nach ihm sich umzudrehen,
Kam einem Kaiser in den Sinn.

Ihr Mund ist Rosenfarbe; lange walten
Woll' über ihn ein guter Genius!
Denn gäb ich ihm nur einen Kuß,
Ich würde, glaub ich, nimmer alten.

Sammlung 1ster Theil, S. 6.

Sta bi la mich den wint anweien
Der kumt von mines herzen kiuniginne
Wie mœht ein luft so sueze draien
Ern wer al uht und uht vil gar ein minne
Do min herze wart verdriben
Das wart von ir enthalden
Doch wunschte ich des Got muez ir eren
walden
Ir miundel das ist rosen var
Sold ich si küssen zeinem male
So mueze ich niht alden.

Nach

Nach dem

Herzoge Johans
von Brabant.

Nach dem Herzoge Johans von Brabant.

I.

Ein Lied.

Ich follt' einmal in einem Garten spielen gehn,
Und da fand ich drey niedliche Jüngferchen stehn,
Wie Rosen, Lilien und Hyacinthen schön;
Die eine sang vor, die andre sang nach:
La, lallalá, lallalá, lá.

Und als ich in dem Garten schöne Blümchen
sah,

Und stille stand, den niedlichen Jüngferchen nah,
Und

Sammlung 1ster Theil, S. 7.

Eins meien morgens fruo Was ich ufgestan
In ein schœns boungartegin Solde ich spiln
gan
Da vand ich drie iuncfrouwen stan
Si waren so wol getan
Dú eine sang für dú ander sang na
Harba lori fa Harba lori fa Harba lori fa &c.
Do ich ersach das schone krut In den
boungartegin
C 6   Und

Und ihre ſüßen Glockenſtimmchen hörte, da
Verblühte mein Herz, da lallet' ich nach:
La, lallalá, lallalá, lá.

Da grüſt ich ſie, und gieng der ſchönſten auf
den Leib,
Die ſchönſte floh; du niedliches Jüngferchen
bleib,
Ich will ja nur zu einem kleinen Zeitvertreib
Dir küſſen den Mund; das Jüngferchen, ach!
La, lallalá, lallalá, lá.

Und ich erhorte das ſueſſe gelut Von den
megden fin
Do verblide das herze min Das ich muoſte
ſingen na
Harba lori fa Harba lori fa Harba lori fa &c.
Do grueſte ich die allerſchœnſten Dü
darunder ſtuont
Ich lies min arme alumbe gan Do zer ſelben
ſtunt
Ich wolte ſi küſſen an irn munt
Si ſprach lat ſtan lat ſtan lat ſtan
Harba lori fa Harba lori fa Harba lori fa &c.

II⸗.

II.
An die Frühlingsvögel.

Diese Vöglein, die so munter
Mit so lieblichem Getön,
In dem Grünen sicher gehn,
Und die Sonne berghinunter,
Muthig singend, gehen sehn;
Diese Sänger in dem Grünen,
Diese, diese haben's gut!
Müßten ohne Lohn sie dienen,
O, wo wäre denn ihr Muth!

Sie, die sich der Blüthen freuen,
Unter welchen sorgenfrey,
Sie in diesem kühlen May
Ruhen wollen, und erneuen   Ihren

Sammlung 1ster Theil, S. 7.

Ungelich stet uns der muot
Mir und dien kleinen walt vogellingen
Wan si frœwent sich der bluot
Dies us den esten sehent schinen
Darunter si wellent ruowen disen kuelen
                                    meien
Und ernuwen ir gesanc und ir geschreien
        C 7   Iemer

Ihren Sang und ihr Geschrey;
Sie beneid' ich, unter ihnen
Ist kein Dienst, er lohnet sich;
Aber, aber, immer dienen
Ohne Lohn, ist jämmerlich.

Ihr, der schönsten von den Weibern,
Was Vernunft dagegen spricht,
Ihr entwenken will ich nicht;
Stets getreu will ich ihr bleiben;
Dienen ihr, ist eine Pflicht.
Aber, aber, immer dienen
Ohne Lohn, ist jämmerlich;
Und, ihr Sänger in dem Grünen,
Der's gethan hat, der bin ich.

Iemer dienen funder lon daſt iemerlich
Wiſſent ir wer das hat getan feht das bin ich
Ich wil iemer bliben ſtete
Und enwil ir niht entwenken
Lont ſi mir mit miſſetete
We wes ſol ich dan gedenken
Nein frouwe Venus las erbarmen dich
Und bitte die lieben das ſi trœſte mich
Iemer dienen funder lon &c.

Nach dem

Herzog Heinrich

von Preſſela.

Nach dem Herzog Heinrich von Preſſela.

I.

An ſeine Gemahlinn.

Ach! welche ſüße Freuden hat
Mein ſüßſtes Weibchen mir gegeben!
Ich war, ich war des Lebens ſatt,
Nun fang ich wieder an zu leben.

Hoch auf geht mir Gemüth und Herz!
Ihr Wandel, ihre gute Sitte
Bringt Munterkeit und Freud' und Scherz
Zurück in meine kleine Hütte!

Ich

Sammlung 1ſter Theil, S. 3.

Mir iſt das herze worden fro
Umbe ein vil reine ſelig wib
Des gat uf min gemuete ho
Si iſt mir lieb alſo der lib
Ich wil michs frœwen offenbar
An ir iſt alles wandels iht
Das nim ich fur ein kriſpes har

Dú

Ich will mich freuen offenbar!
Ihr Neider alle mögt es wissen:
Ihr rother Mund, ihr schwarzes Haar,
Ihr Alles ist an ihr zum Küssen.

Zehn Tage schon bin ich ihr Mann,
Wie freu ich mich der süßen Tage!
Mir ist, seh ich mein Weibchen an,
Als ob mir alles Rosen trage.

Gott geb ihr, was ihr Herz begehrt;
Die Weibchen ihrer guten Sitte
Die sind wol aller Ehren werth,
Und, Gott, erhöre meine Bitte.

Die

Dú reinen wib mit guoten sitte
Die sint wol aller eren wert
Die werden man lobe ich hiemitte
Got gebe in swes ir herze gert
Wer al dú welt gemeine also
Darumbe wolt ich liden not
Und wolt ouch mit in wesen fro
Dú mir wol fræide mag gegeben
Der lib ist aller selden schrin

Ach

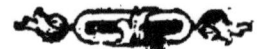

Die ſüßen Freuden, die ſie giebt,
Die laß ſie lange mir noch geben:
Wen ſolch ein gutes Weibchen liebt,
Der möchte tauſend Jahre leben.

Ach Got wan ſolt ich iemer leben
Und muſe ich danne bi ir ſin
So frœit ich mih der lieben tage
Swenne ich min frowen ane ſihe
Mir iſt wies alles roſen trage.

II.
Die Klage.
Der Dichter.

Ich klage dir, du Sommerwonne,
Du höchſte ſüße Freudigkeit!
Ich klage dir, du ſchöne Sonne!
Du Wald! ich klage dir mein Leid!

Ich

Sammlung 1ſter Theil, S. 3.

Ich clage dir meic ich clage dir ſumer wunne
Ich clage dir brehtü heide breit
Ich clage dir ougebrehender kle
Ich clage dir gruener walt ich clage dir ſunne
Ich

Ich klag es dir, du Klee, du Halde,
Dir May, und Göttinn Liebe, dir!
Thusnelde, meine süße Freude,
Nimmt alle süße Freuden mir.

Wenn ich vor ihr vorüber gehe,
Dann stärkt in meinem lieben Wahn
Sie mich nicht einst; ich seh, und sehe,
Sie hat mit keinen Blick gethan.

Ihr Götter, wenn ich mich betrübe,
So bin ich nicht im Herzen schwach:
Denn meinem Herzen giebt die Liebe
Zu bitterliches Ungemach.

Thus.

Ich clage dir Venus sendú leit
Das mir die liebe tuot so we
Welt ir mir helfen pflihten
So truwe ich das die liebe muesse rihten
Sich uf ein minnekliches wesen
Nu lat ú sin gekúndet minen kumber
Dur Got und helfet mir genesen

Was tuot si dir la hœren uns die schulde
Das ane sache ir iht gesche
Von uns wan das ist wiser sin

In

Thusnelde ließe mich verderben!
Verderben — mich — in süßer Quaal;
Sie sähe den Betrübten sterben,
Und klagte, glaub' ich, nicht einmal!

Die Sommerwonne.

Ich Sommerwonne will ihr zeigen,
Was ich vermag; auf mein Geheiß
Soll ihr in allen Büschen schweigen
Der kleinen Vögel süßer Fleiß.

Die Sonne.

Ich Sonne will ihr Herz durchhitzen,
Bis es von zarter Liebe glimmt;
Im Schattenhute soll sie schwitzen,
Bis sie dir deinen Kummer nimmt.

Der

In lieben wane habe ich wol ir hulde
Wanne aber ich furbas ihtes ie
Si giht ich sterbe é solh gewin
Mir von ir werde ze teile
Das ift ein tot minneklichem heile
O we das ich ſi ie geſach
Da mir im herze lieber liebe reichet
So bitterliches ungemach

Ich

Der Wald.

Ich Wald will alle meine Lauben
Abbrechen, wo sie gehen muß;
Um Kühles fleht sie einen Tauben,
Sie gebe dann dir holden Gruß!

Der Klee.

Ich Klee will dich mit Scheine rächen,
Verachten will ich ihren Gruß;
Will in die Augen so sie stechen,
Daß sie vor Glanze schielen muß.

Die Haide.

Ich breite Haide will sie fangen,
Wenn sie zu meinen Blumen geht;
Ich will sie halten, bis gegangen
Du kommst, und sie mit Willen steht.

Der

Ich meie wil dien bluomen min verbieten
Dien rofen rot dien lilien wis
Das fü fich vor ir fliessen zuo
So wil ich fumer wunne mich des nieten
Der kleinen vogelin fueffer flis
Das der gegen ir ein fwigen tuo
Ich heide breit wil vahen

Si

Der May.

Ich May will meinen Blumen allen
Gebieten, wo sie geht und steht,
Sich zuzuschließen, zuzufallen,
Bis sie zu deinem Herzen geht.

Die Liebe.

Ich Liebe will ihr das verleiden,
Was minniglich geschaffen ist;
Sie soll von meinen Wonnen scheiden,
Und sehn, daß Irmegart dich küßt.

Willst du noch mehr dich rächen lassen,
So sey, daß sie dem Schönen blind
Da steht, und aller Freuden Straßen
Von nun an ihr verschlossen sind.

Der

Si swenne si wil nah glanzen bluomen
                       gahen
Uf mich ich will si halten dir
Nu si von uns ir widerseit der guoten
Sus muos si sin genedig mir
Ich brehender kle wil dich mit schine rechen
Swenne sie mich an mit ougen siht
Das si vor glaste schilhen muos

Ich

Der Dichter.

O weh! o weh! ihr süßes Wesen!
O Göttinn; ist kein andrer Rath:
Laß eh' mich sterben, sie genesen,
So sehr sie mich betrübet hat.

Ich gruener walt wil abe min lœiber brechen
Hat si bi mir ze schaffene iht
Si gebe dir danne holden gruos
Ich sunne wil durhitzen
Ir herz ir muot kein schattehuot vúr
  switzen
Mag ir gen mir gehelfen niht
Si welle dinen senden kumber swenden
Mit herzelieber liebe geschiht
  Ith Venus wil ir alles das erleiden
Swas minneklich geschaffen ist
Tuot si dir niht genaden rat
O we sol man si von dien wunnen scheiden
E wolde ich sterben sunder frist
Swie gar si mich betruebet hat
Wilt du dich rechen lassen
Ich schaffe das ir aller frœiden strassen
Ir widerspenig muessen wesen
Ir zarter lip der mœht es niht erliden
Lant mich é sterben si genesen.

Nach verschiedenen

Minnesingern.

D

Nach verschiedenen Minne-
singern.

I.
Der milde Mann.
Nach Rusland.

Mich freuet eines milden Mannes Angesicht
So sehr, daß ich, vor lauter Lieb erschrocken,
Daß ganze Firmament mit aller Sternen Licht
Mir nahe seh'. In manchem Sprunge
Hüpft dann mein Herze, meine Zunge
Bleibt lange vor Vergnügen stocken,

Nicht

Sammlung 2ter Theil, S. 225.

Der lieben suezen milten herren angesicht
mih frœwet
Das ich von herzelicher liebe muos er-
schriken
Min herze hupfet mangen sprung
Mir ist vil ungedrewet
Swenne ich sihe getriuwer herren ougen-
bliken

D 2   So

Nicht wiſſend, was ſie ſprechen ſoll,

Dem guten milden Mann ich wohl

Einfältig ſehr erſcheinen muß!

Doch freuet Sonnenſchein in ſommerlicher

Stunde

Mich nicht ſo ſehr, als wie von ſolchen Man=

nes Munde

Der kleinſte Gruß.

II.

So dunket mich das firmamente planeten

und ſterne

Mir nahen ſin

Das ich getriuwer herren ougenblike ſihe

ſo gerne

Der ſunnen ſchin

Mich frœwet niht ſo wol ſin ſumelicher

ſtunde

Als ein gruoz von eines ſuezen herren

munde.

II.

An Sellmar.

Nach dem tugendhaften Schriber.

Dem Hofe sing ich Weh und Weh,
An dem ich einen Fürsten seh,
Der böses Hofgesinde hegt,
Der sanft die Last der Schanden trägt,
Und dem dabey von untragbarer Schwere
Die Tugend dünket, und die Ehre.

Wo

Sammlung 2ter Theil, S. 105.

So we dem hove der so rehte hovenli-
chen ste
So we dien hove lüten we dien hove herren
We der sanfte treit der schanden last
Und dabi dunket tugende und ere swere
Swa disiu beidiu hant gewalt
Da ist vil wunnen bi
Swa aber diu schande rihset

D 3

Da

Wo diese beyden Scepterführer sind,
Da wär' ich Vater oder Kind;
Da wär' ich Gast und alles gern;
Ich wünschte, glaub' ich, mich zum Herrn
Des Hofes selbst!

Wo Treu und Wahrheit lebt,
Mit allem diesem Hofgesinde,
Nach welchem mein Gemüthe strebt,
Den Hof such' ich, ob ich ihn finde?

Da ist der hof gar eren vri
Da wolt ich gerner wefen gaft
Danne ichs der hove herre felbe were
Noh weis ich wol wa trüwe lebet
Mit warheit und mit allem ir gefinde
Darnach min gemuet ftrebet
Da wil ich hin da ich den hof fo wunnck-
lihen finde.

III.

III.
An den König Philipp.

Nach Herr Walther von der Vogelweide.

Ey! was machst du mit Gut und Ehre,
König Philipp, höre, höre!
Diese, welche hier
Deiner Kammerthür
Angekrochen kommen,
Gaben alle dir,
Großer Helden Namen,
Und verfärbten schier,
All' und jede sich,
Ausgenommen mich!

Aber

Sammlung 1ster Theil, S. 113.

Philippe künig here
Si gebent dir alle heldes wort
Und wolten liep nach leide
Nu haftu guot und ere
Darzuo wol zweier künige hort
Die gib der milte beide

D 4

Du

Aber, König, fort!
Gieb der Milde dein
Königliches Wort,
Ihr ein Held zu seyn!

Wartend steht sie dort,
Wartens nicht gewohnt,
Schon' ihr ihre Pein;
Wer am höchsten thront,
Schlägt am ersten ein!

Ihr ein Held zu seyn,
König, daß verlohnt
Sich der Mühe wohl!
Alexander soll,
Ihr ein großer Held,
Ueberwunden haben
Mit Geschenk und Gaben
Fast die ganze Welt.

Dú milte lonet sam dú sat Dú wúnnekliche
                                   widler gat
Dar nach man si geworfen hat
Wirf von dir miltckliche
Swelh kúnig der milte geben kán
Si git im das er nie gewán.
Wie Alexander sich ve: san
Der gab und gab do gab si im elliu riche.

IV.

IV.
An seine Gemahlinn.

Nach dem Her Chuonrat der Schenke
von Landegge.

Liebes Weib, ich weiß es wohl,
Was an dir ich minne!
Sanfter Weibes=Güte voll
Bist du steter Sinne.

Bist des argen falschen frey,
Bist gelinder Sprüche,
Bist gesellig, bist getreu,
Bist für Tisch und Küche.

Bist

Sammlung 1ster Theil, S. 197.

Frowe ich weis vil wol
Was ich an dir minne
Du bist aller selden vol
Du bist schœne und minneklich gestalt
Du bist falsches vri
Du bist steter sinne

Du

D 5

Biſt Geſanges Freundinn, biſt
Schön und auserwählet;
Wer des Schönen Kenner iſt,
Sage: was dir fehlet?

Und dazu vergiebſt du leicht
Meine kleinen Sünden;
Noch ein Weib, das dich erreicht,
Weiß ich nicht zu finden.

Alles Liebes einen Theil
Hat dir Gott gegeben!
Selig Weib, er gebe Heil
Deinem ganzen Leben!

Dir wont wibes guete bi
Du biſt ſenfter ſprüche und niht ze balt
Du biſt küſche zühtig gar
Du biſt wandels bar
Du haſt alles liebes teil
Selig wib Got gebe dir iemer heil.

V.

V.
An seine Freunde.

Nach Her Reinmar von Zweeter.

Ich ritt einmal auf grünes Feld
Vor einen Wald ins Freye,
Da kam ich an ein kleines Zelt,
Darunter saß die Treue.
Die Hände windend, klagend; „Gott,
„Du wolleft dich erbarmen,
„In deiner Welt bin ich der Spott
„Der Reichen und der Armen.

„In

Sammlung 2er Theil, S. 136.

Ich kan geritten uf ein velt
Viur einen gruenen walt
Da vant ich ein vil schœn gezelt
Dar under fas diu triuwe
Si wand ir hende fi bote ir leid
Si fchre vil lute und sprach ze Got
Herre la dich erbarmen
Ich bin in der werlt der richen spot

Das

„In deiner Welt bin ich das Spiel
„Der Priester und der Layen;
„Der Ungetreuen sind so viel!
„So wenig der Getreuen!

  „Untreue will von meinem Sinn,
„Zur Hölle mich verkehren;
„Du wolleſt bis zum Himmel hin,
„Mir meine Freude mehren.„

  Im Herzen hört ichs. Malenswerth
Mit trauriger Gebärde,
Trat ſie heraus, bis an mein Pferd,
Und ich? Von meinem Pferde

  Stieg ich herab auf grünes Feld
Und, Arm in Arm vereinet,
Sprach ich mit ihr, und im Gezelt
Hab ich mit ihr geweinet.

Das rihte du mir herre din gewalt iſt michel
                    und breit
Die ungetriuwen wellent mich verkeren
Herre Got hilf mine fræide meren
Min ſchar iſt worden alſe cleine
Der ungetriuwen iſt ſo vil
Untriuwe iſt in der werlte ein ſpil
Nu hilf imCriſt ſwer dich mit triuwen meine
                         VI.

VI.
Der größte Mann.
Nach dem Boppo.

Wär auf der Welt ein großer Mann,
Ein Herkules, ein Zengiskan,
Ein Teut, ein Leibnitz, Hippias,
Ein Cäsar, ein Pythagoras,
Ha! deſſen Sinn durchſonnen hätte, das,
Was Sinn noch nie durchſann;
Wär er ein Wunder aller Wunder,
Nach tauſend Jahren, wie jetzunder,
Hüb ihn Fortuna himmelan;
Hätt' er die Kraft von tauſend Rieſen
An Hunderttauſenden bewieſen;
Hätt' er die Weisheit aller Weiſen,
Dräng er mit ſeinem Heer bis an den Ganges
durch,

Und

─────────────────

Sammlung 2ter Theil, S. 230.

Ob al der werlte gar gewaltig were ein man
Und ob ſin ſin durhſinde das nie ſin dur ſan
Und ob er wunder were uber elliu wunder
Ob in geliuke truege unz an der himel ſteln
Und ob er kunde briuven wiſſen und zeln
Des mers gries die ſternen gar beſunder
Ob ſin kraft eine tufent riſen
Manlich mœhte ervellen und twingen
Ob hohe berge und velſe riſen

D 7   Dur

Und müßten tausend Marmorfelsen reissen,
Zu seyn Gesimse seiner Burg;
Könnt' er mit Fittigen des Windes sich
Von seinem Thron zum Thron der Sonne
           schwingen,
Und Wasser, Feuer, Erde, Luft,
In einem selbst erfundnen Schiff,
Auf einen Pfiff,
Zu Jupiters Trabanten bringen.
Und hätt' er noch zum Zeitvertreib
Auf tausend Jahr das schönste Weib,
Das ihm, wenn es Musarions
Und meiner Betty Küsse küßte,
Die Fröhlichkeit Anakreons
Ins Herz zu geben wüßte;
Hätt' aber dieser Wundermann
Nicht Gottes Huld, was hätt' er dann?

Dur sin gebot und ob er mœhte bringen
Swas waſſer luft vúr erde birt
Swas wont von grunde unz an den thron
           der ſunnen
Ob im ze reliten e gegeben nach wunſche
Werc ein wib in eren wunnen
Kúſche und reine wol gezogen der ſchœn
           ein ubergulde
Und ob er mit ir ſolde leben gar tuſent iar
Was were es danne und ob er niht erwurbe
           Gotes hulde.

                        VII.

VII.
An seine Tochter.

Nach Her Reinmar von Zweeter.

Mein Töchterchen bewerße sich
Um keinen Mann, es steht nicht wohl;
Will's aber einen, so will ich
Sie lehren, wie sie's machen soll.

Sie soll der allerreinsten Sitte
Beständig sich befleissigen;
Sie soll von allen Tugenden
Begleitet gehen in der Mitte.

Sie

Sammlung 2ter Theil, S. 148.

Ein ledig wib niht werbe umb die man
es stat niht wol
Doch wil ich üch bescheiden
Wie es ein frowe wol mit eren tuot
Si sol sich fliſſen reiner sitte
So das ir wibes guete und wibes tugende
volge mitte
Und

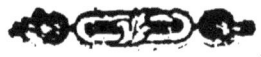

Sie soll in Sanftmuth Heldinn seyn,
Und sprechen, lachen, tanzen, scherzen,
Als wie die Unschuld, und von Herzen
Gott fürchten, aber ohne Schein.

Die Weisen alle soll sie ehren!
Du lächelst, Töchterchen, mich an?
Die Kunst, zu werben einen Mann,
Ich kann sie dich nicht besser lehren.

Und das dabi ir ere an allen vieren enden
wol behuot
Si sol sprechen lachen und schimpfen
Also das si sich tiure mit gelimpfen
Mit wibes tugent ir lob gemeren
Si selig frowe die also kan
Mit rehter kiusche erwerben man
Und minne Got in kans niht bessers leren

VIII.

VIII.

An die Menschen.

Nach Her Uolrich von Lichtenstein

O, wenn doch ein Weiſer wäre,
Der mir gäbe guten Rath,
Wie man dieſes Lebens Schwere
Bis ans Grab zu tragen hat!

Menſchen, ach!. der Menſchen Ehre!
Menſchen, ach!. von mir geliebt!
Menſchen, Blut iſt in der Zähre,
Menſchen haben mich betrübt!

Unter dieſer Laſt von Sorgen
Seufz' ich tief, ſo ſpät als früh:
Freude hat ſich mir verborgen;
Menſchen, ſagt, wo find' ich ſie?

Sammlung 2ter Theil, S. 32.

O we der ſo ſelig were
Der uns kunde geben rat
Für die manigvalden ſwere
Da dü werlt mit umbe gat
O we ſo gemeiner ſorgen
Wa hat fræide ſich verborgen
Die ſnvinde ich hie noch da.

IX.

IX.

An einen jungen Herrn.

Nach Her Reinmar von Zweeter.

Haſt du dein Pfund vergraben,
Steig' in dein Herz, und ſprich
Zu deinem Herzen: Freund, wir haben
Verſchlafen, dünket mich.

Wenn dann dein Herz dich höret,
Dich, Kaiſer oder Graf!
Dann auf, aus deinem Schlaf!
Und hin, wo Weisheit lehret!

Und

Sammlung 2ter Theil, S. 147.

Man fwas dir unverdienet kome
Ald vundeliche wilt du das der funt dich
lange frome
So diene nach dem funde das du vor
gedienet folteſt han
Stige in dich felben und fprich
Ze dinem herzen friunt wir han verslafen
dünket mich

Nach

Und hin, mein junger Freund!
Wo schwache Tugend weint,
Die deinen Schutz begehret;
Und hin in Ewigkeit!
Mit Fleiß und schneller That
Erspart man sich die Zeit,
Die man verschlafen hat.

Nach disem grossen funde
Den uns geliukes wunder hat getan
Nu rate wi wir dis wilt wilde geliuke
Behalden das es sich niht von uns ziuke
Es lät sich als ungerne niuzen
Es ist so ledig und ist so vri
Sin wir im niht mit huote bi
Wirt im der sprung wir mugen es wol
                    verlúzen.

X.

X.

An seine Freunde.
Nach demselben.

Das Böseste, das man erdenken kann,
Im Himmel und auf Erden,
Das ist, ein ungetreuer Mann
Mit treuen Manns-Gebärden!

Er blendet oft der hellsten Augen Licht,
Macht oft Gesunden Schmerzen;
In alles, alles, was er spricht,
Fließt Gift aus seinem Herzen.

Der

Sammlung 2ter Theil, S. 150.

Das bæste das man erdenken kan
In himel und uf erde das ist der ungetriuwe
          man
Der blendet liehtiu ougen
Und verderbet das e was gesunt
Sin zunge eiter gallen hat
Er lebendig re mort meilig man
Ein ursprig aller missetat

                  Huetet

Der krankes schwer, an den sein Athem rührt,
Sein Wink bedeutet Quaken;
Sein Gruß, ein Blitz der Rache, führt
Durch reine Herzen Strahlen.

Vor seinem, kleinsten Lachen hütet euch,
Ihr Freunde, schon von weiten,
Und, könnt ihr fliehen, fliehet gleich,
Es schadet guten Leuten.

Huetet úch vor sinie lachen
Es machet guote liute sere wunt
Er ist lange siech an den sin aten rueret
Sin gruos durh reiniu herze strale fueret
Sin zeigen swachet reinú wib
Sin runen tœtet manigen lib
Und siniu werk alle bosheit gar durh
                    griundet.

XI.

XI.
Ein Lied.
Nach dem von Wildonie.

Liebe hebt sich in den Augen,
Fliegt ins Herze, sitzt darinn!
Liebe mag zu Liebe taugen,
Liebe winkt, ich fliege hin!

Dieses Lied, empor geschwungen
In ein Nestchen, unterm Dach,
Hat ein Vögelchen gesungen;
Und ich lieb' und sing es nach.

Sammlung 1ster Theil, S. 194.

Lieb das hebt sich in den ougen
Und gat in das herze min
So sprichet lieb ze liebe tougen
Lieb wan solt ich bi dir sin
Disü liet dú hat gesungen in vor dem walde
ein vogellin.

XII.

XII.
Die letzte Beichte,
Nach Her Rubin.

Eine Schuld, die drücket mich!
Die, so lange her getragen,
Gott und Menschen, die will ich,
Eh' ich von dem Lande führe, sagen.

In dem Dorf und in der Stadt
Seh ich Menschen, und von allen,
Kleinen oder großen, hat
Mir von zweyen einer nur gefallen.

Bald der König, bald der Hirt!
Unglück bracht es meinem Leben;
That ich Sünde? Nun, es wird
Der die Welt erschuf, sie mir vergeben.

Sammlung 1ster Theil, S. 172.

Ich wil mich einer schulde gar
Got und der werlte beider sagen
E danne ich von lande var
Die han ich lange her getragen
Ich enbin den luten allen holt noh allen
                              niht gehas
Mir geviel ie under zwein der eine muotes
                              bas
Sol das ein sünde sin die ruoche er mir
                              vergeben
Der der werlte schuf als ungeliches leben.

XIII.

XIII.
Auf einen Strohhalm.
Nach dem Spervogil.

Wir lobten alle diesen Halm,
Der unser Brod uns trug;
Ein schöner Sommer gab ihn uns,
Und Korns auf ihn genug!
Vortrefflich hat er uns gegrünt,
Er füllte Scheun und Kiste;
Nun aber hat er ausgedient,
Und nun wird er zu Mifte.

Sammlung 2ter Theil, S. 230.

Wir loben alle disen haln wand er úns
truoch
Vernet was ein schoner sumer und korns
genuog
Des was elliu die werlt ouch vro
Wer gesach ie schoner stro
Es fiullet dem richen man die schúre und
ouch die kiste
Swanne es gedienet dar es sol
So wirt es aber dan ze miste.

XIV.

XIV.
Ein Klagelied.

Nach Her Walther von der Vogelweide.

O weh, o weh, in deutschen Landen,
Wer Kupfer, Silber oder Gold
Nicht hat, dem sind zu seinen Schanden
Nicht Engel und nicht Frauen hold.

Der mag von Witz und Mannheit starren,
Er scheint, als wie von seinem Gott
Verlassen; ist ein Spott der Narren,
Und fast der Weisen Spott.

Sammlung ıster Theil, S. 103.

O we was eren sich ellendet von tiutschen
landen
Vitze und manheit dar zuo silber und golt
wer diu beidiu hat der belibet mit schanden
Vie den vergat des himelschen keisers solt
em sint die engel noch die frowen holt
rm man ze der werlte und wider Got
Vie der fürhten mac ir beider spot.

E.

XV.

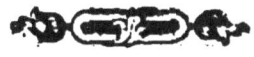

XV.

Nach dem Vorigen.

Mir hat ein Lied aus Franken
Der stolze Mißener (*) gebracht,
Ich kann nicht besser danken,
So wohl hat meiner er gedacht,
Als daß ich tief ihm neige,
Statt alles meines Danks,
Mich freue seines Sangs,
Und seiner Ehren schweige.

Könnt

(*) Der Margrave Heinrich von Misen.

Sammlung 1ster Theil, S. 111.

Mir hat ein liet von Franken
Der stolze Miſſener braht
Das vert von Ludewige,
Ich kan ims niht gedanken
So wol als er min hat gedaht
Wan das ich tieſe ime nige

Kœnde

Könnt aber ich, was jeder Gutes kann,
Ich theilt' es mit dem werthen Mann,
Der mir die hohen Ehren gann.
Gott müß auch ihm die hohen Ehren
Des Rangs und seiner Sinne mehren.
Zufließen müß ihm aller Fluß
Des besten Glücks, der besten Freuden;
Nichts wildes müsse seinen Schuß
In fünf und zwanzig Herbsten meiden!
Ihn müsse seines Hundes rascher Lauf
Und seines Horns todvoller Schall erfreun.
Und springt vor ihm ein Eber auf,
So müss' ihm Lust in Aug und Ohren seyn.

Kœnde ich swas ieman guotes kan
Das teilte ich mit dem werden man
Der mir so hoher eren gan
Got muesse ouch im die sinen iemer meren
Zuo fliesse im aller selden flus
Niht wildes mide sinen schus
Sins hundes louf sins hornes dus
Erhelle im und erschelle im wol nach eren

XVI.

XVI.

An das Fräulein Sunnemann.

Nach Her Johann Hadloub.

Im Schatten einer Linde sitzend,
Liebkoste sie das schöne Kind,
Und ich, in fetter Ernte schwitzend,
Ließ einen sanften Abendwind,
Als ich es sah, in meinem Busen spielen,
Und so, mit wonnigen Gefühlen,
Die Liebkosung zu sehen, welche Lust!

Sie

Sammlung 2ter Theil, S. 187.

Ach ich sach si triuten wol ein kindelin
Davon wart min Muot liebes irmant
Si umbevieng es unde truchte es nahe an sich
Davon dachte ich Lieblich ze hant
Si nam sin antliute in ir hende wis
Und truchte es an ir munt
Ir wengel clar O we so gar Wol kuste sis

Es

Sie drückt es sanft an ihre Brust,
Nahm's sanft in ihren Arm, wand ihre weiſſen
Hände
Dem Kind' um ſeinen Nacken ſehr behende,
Sah lächelnd ihm ins Antlitz, und
Drückt' es an ihren Mund;
Und hat, wenn recht von mir geſehen iſt,
Wohl gar das Kind geküßt.

Das Kindchen that ſo froh, ſo froh!
Es legte ſeinen kleinen runden
Gelenken Arm,
Als hätt's die Liebkoſung empfunden,
Als wär's im Herzen warm,
An ihren Buſen ſo behäglich, ſo

Als

Es tet ouch zwar als ich hete getan
Ich ſach umbvan Es ouch ſi do
Es tet recht als es enzſtuende ir wunnen ſich
Des duchte mich Es was ſo fro
Don mochte ich es nicht ane nit verlan
Ich gidachte o we were ich das kindelin
Unz das ſi ſin wil minne han

Ich

Als wenn's die Liebe gut verstünde;
Mir aber war, als wenn
In meinem sanften Abendwinde
Die Liebesgötter lispelten.

Das Kindchen that so froh, so froh!
Ich konnt's mit beyden Augen nicht verlassen;
Ich sah sie zärtlich sich umfassen;
Wie sie, dacht ich, so glücklich sind!
Ach! wär ich doch das Kind!

Ich wartete, da kam das Kind,
Mit etwas mehr, als Kinderwitz,
Von ihr, zu meinem Garbensitz,
Und da hob ichs geschwind

Auf

Ich nam war dó das kindelin erſt kam
von ir
Ich nams zuo mir Lieblich ouch do
Es duchte mich ſo guot wan ſis ê drúchte
an ſich
Davon wart ich Sin gar ſo fro
Ich umbevieng es wan ſi es ê ſchone um-
bevie
Und

Auf meinen Schooß, und drückt' es, und
umfieng

Es da, wo sie, und küßt' es, wo von ihr
Ein Kuß noch witterte — — Wie mir
Doch das zu Herzen gieng!

Das Kindchen zupfte mich an meinen läng-
sten Haaren,
Und eine Weile spielten wir. — —
Nun aber ist mir ernstlich weh nach ihr;
Ach, möchte sie's erfahren!

Und kußts an die stat swa es von ir kiusset
ê was

Was mir doch das Ze herzen gie
Man gicht mir si nicht als eurstlich we
nach ir
Als sis von mir vernemen hant. &c.

C 4   XVII.

XVII.

An den Kaiser.

Im Namen einer armen Waise.

Nach Her Walther von der Vogelweide.

Mir ist versperrt des Glückes Thor,
Ich arme Waise steh davor
Und seufze, flehe, klöpfe!
Da regnets Gold! allein, allein!
Kann wohl ein Wunder größer seyn?
Auf mich fällt nicht ein Tropfe.

Der

Sammlung 1ster Theil, S. 128.

Mir ist verspert der selden tor
Da sten ich als ein weise vor
Mich hilfet niht swas ich dar an geklopfe
Wie mœcht ein winder grœsser sin
Es regent beidenthalben min
Das mir des alles niht enwirt ein tropfe

Des

Der milde Fürst von Oesterreich,
Dem kühlen Sommerregen gleich,
Erfreuet Land und Leute!
Noch gieng von seinem Angesicht
Ein Armer ungetröstet nicht;
Zu dem geh' ich noch heute!

Ey! welch ein schöner grüner Hayn!
Voll schöner Blumen, wo hinein
Man wohl mit Freuden gehet!
Von allen Bäumen, die er hat,
Mit seiner milden Hand ein Blatt
Für mich gebrochen, sehet!

Das

Des fursten milte us Oesterriche
Fræit dem suessen regen geliche
Beide liute und das lant
Erst ein schœne wol gezieret heide
Dar abe man bluomen brichet wunder
Und breche mir ein blat dar under
Sin vil milte richú hant

So

Das öffnet mir des Glückes Thor,
Mir armen Waisen, und das Ohr
Des Harten, der nicht höret!
Ich gehe, trage schweren Schmerz,
Entkräftet aber ist mein Herz,
Wenn es zurücke kehret.

So mœhte ich loben die vil sueſſen ougen-
weide
Hiebi ſi er an mich gemant.

XVIII.

XVIII.

Manifest an seine Feinde.

Nach Klingesor von Ungerland.

Wo König, oder Biedermann,
Der Feind zu Freund nicht machen kann,
Zu Kriegesfelde geht,
Da geht die Hülfe Gottes mit;
Er geht mit vestem Kriegerschritt,
Steht veste, wo er steht!

Ihr

Sammlung 2ter Theil, S. 16.

Den sig hat Got in siner hant
Swem ers gan dem wirt der meisterschaft
bekant
Wil er mir helfen so furhte ich üch kleine
Ich entwiche iuch niemer einen fuos
Ich wil mir rehter künste ü sagen mattes
buos

E 6

Ja

Ihr alle, meine Feinde, wißt,
Daß das mein Glaub' im Herzen ist,
Und wendet euren Spott;
Wo nicht, so tretet wider mich
Mit eurer Macht, ihr Trotzer! ich
Verlasse mich auf Gott!

Ja aht ich niht uf úwer dro alleine
Iuwern wâg den wat ich wol der ist mir
            noh gar lihte
Ir grabet danne tiefer inwern grunt
Oder ich tuon iuch hie vor difen fiurften
            kunt
Das mir iuwer fin ift gar ze lihte.

XIX.

XIX.

An die Bosheit.

Nach Her Uolrich von Lichtenstein.

Bosheit, deinem langen Kriege
Widersteh' ich mit Geduld,
Und, nach jedem deiner Siege,
Setz' ich Unschuld gegen Schuld!

Ich

Sammlung 2ter Theil, S. 29.

Gegen ir langen kriege
Seze ich min gedulde
So ste gegen ir hässe.
Zware min unschulde

Min

Ich ermanne mich, und übe
Mich in Tugend, nach dem Streit;
Menschenhaß lohn' ich mit Liebe,
Grobheit mit Bescheidenheit.

Unbeständigkeit mit Treue,
Trug und List mit Ehrlichkeit,
Und empfinde keine Reue,
Keinen Stolz und keinen Neid.

Min wer gegen den valschen
Das sol sin min trúwe
Vil suesse ane rüwe
Min kampflich gewete
Für ir nide rete
Das sol sin min stete.

XX.

XX.
Auf den
Margrav Heinrich von Misen,

der in einem poetischen Wettstreit überwunden
hatte.

Nach Her Chuonrat von Wurzburg.

Unserm edlen Meißener sey Dank!
Tief aus seines Herzens Schrein
Floß ihm süßer Töne Klang.
Unter ihrem Ehrenschein
Liegen nun in seinem Zwang
Alle Singer an dem Rhein!

Frember

Sammlung 2ter Theil, S. 207.

Der missener hat sanges hort in sines
herzen schrine
Sin don ob allen rêsen dœnen vert in eren
schine
Da mit er biRine die singer leit in sin getwanc
In

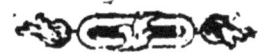

Fremder, wilder Greifen zweene,
Führten übers große Meer
Ihn hinweg, und hin und her,
Lehrt' ihn eine Meer-Sirene
Süße Töne!
Süßer Töne süßen Klang
Hörten wir in seinem Sang!

Lebte noch die schöne
Griechische Helene,
Hörte dann sie seinen Sang,
Ha! Sie spräch' ihm ihren Dank!

Nach-

In fuorten ubers leber mer der wilden
grifen zwene
Da lerte in under wegen dœne singen ein
Syrene
Lebte noch Elene von Kriechen si seit im
ir dank

Dur

Nachtigall in unsern Chören
Schwinget er sich hoch empor!
Geht an Würden und an Ehren
Hundert deutschen Fürsten vor!
Welch ein Singer! Ihn zu hören,
Sollte man in Kränzen schön
Nur an Feyertagen gehn!

Dur fin adelliches doenen das da klinget
hoh enbor

Er get an der wirde vor fmaragden und
faphiren

Er doenet vor uns allen faln diu nahtegal
vor giren

Wan fol ze finem fange uf einen meffetage
vireu.

XXI.

XXI.

Ein anderes.

Nach demselben.

Seit ich niemand seh nach Freuden ringen,
Seit man lachend Uebel thut,
Ha! Was soll ich weiter singen,
Was da schön ist, und was gut?
Unter bösen Menschen oder Thoren
Gräm ich mich, und schweige still;
Alle Lust hab ich verloren,
Singen mag, wer singen will.

Sammlung 1ster Theil, S. 137.

Was sol lieblich sprechen was sol singen
Was sol wibes schœne was sol guot
Sit man nieman siht nah frœiden ringen
Sit man übel ane vorhte tuot
Sit man trüwe milte zuht und ere
Wil verpflegen so sere
So verzagt an frœiden maniges muos.